Tucholsky Wagner Zola Scott Sydow Freud Schlegel

Turgenev Wallace Fonatne

Twain Walther von der Vogelweide Fouqué Friedrich II. von Preußen

Weber Freiligrath Frey

Fechner Fichte Weiße Rose von Fallersleben Kant Ernst Frommel

Richthofen

Engels Fielding Hölderlin

Fehrs Faber Flaubert Eichendorff Tacitus Dumas

Maximilian I. von Habsburg Fock Eliasberg Zweig Ebner Eschenbach

Feuerbach Ewald Eliot Vergil

Goethe Elisabeth von Österreich London

Mendelssohn Balzac Shakespeare Dostojewski Ganghofer

Trackl Lichtenberg Rathenau Doyle Gjellerup

Mommsen Stevenson Tolstoi Hambruch

Thoma Lenz Hanrieder Droste-Hülshoff

Dach Verne von Arnim Hägele Hauff Humboldt

Reuter Rousseau Hagen Hauptmann Gautier

Karrillon Garschin

Damaschke Defoe Hebbel Baudelaire

Descartes Hegel Kussmaul Herder

Wolfram von Eschenbach Darwin Dickens Schopenhauer Rilke George

Bronner Melville Grimm Jerome Bebel Proust

Campe Horváth Aristoteles Voltaire Federer

Bismarck Vigny Barlach Herodot

Gengenbach Heine

Storm Casanova Tersteegen Grillparzer Georgy

Lessing Gilm

Brentano Chamberlain Langbein Gryphius

Strachwitz Claudius Schiller Lafontaine Kralik Iffland Sokrates

Katharina II. von Rußland Bellamy Schilling

Gerstäcker Raabe Gibbon Tschechow

Löns Hesse Hoffmann Gogol Wilde Vulpius

Luther Heym Hofmannsthal Klee Hölty Morgenstern Gleim

Roth Heyse Klopstock Kleist Goedicke

Luxemburg Puschkin Homer Mörike Musil

Machiavelli La Roche Horaz

Kierkegaard Kraft Kraus

Navarra Aurel Musset Lamprecht Kind Kirchhoff Hugo Moltke

Nestroy Marie de France Laotse Ipsen Liebknecht

Nietzsche Nansen Ringelnatz

Marx Lassalle Gorki Klett

von Ossietzky May Leibniz Irving

vom Stein Lawrence

Petalozzi Platon Knigge

Sachs Poe Pückler Michelangelo Kock Kafka

Liebermann Korolenko

de Sade Praetorius Mistral Zetkin

Totenmesse

Stanislaw Przybyszewski

Impressum

Autor: Stanislaw Przybyszewski
Umschlagkonzept: toepferschumann, Berlin

Verlag: tredition GmbH, Hamburg
ISBN: 978-3-8424-9247-9
Printed in Germany

Ziel der TREDITION CLASSICS ist es, tausende deutsch- und
fremdsprachige Klassiker wieder in Buchform verfügbar zu
machen. Die Werke wurden eingescannt und digitalisiert. Dadurch
können etwaige Fehler nicht komplett ausgeschlossen werden.
Unsere Kooperationspartner und wir von tredition versuchen, die
Werke bestmöglich zu bearbeiten. Sollten Sie trotzdem einen Fehler
finden, bitten wir diesen zu entschuldigen. Die Rechtschreibung der
Originalausgabe wurde unverändert übernommen. Daher können
sich hinsichtlich der Schreibweise Widersprüche zu der heutigen
Rechtschreibung ergeben.

Stanislaw Przybyszewski

Totenmesse

Motto: Fismoll-Polonaise
Op. 44.
Friedrich Chopin

Meinem Freunde,
dem Dichter
der »Verwandlungen der Venus«
RICHARD DEHMEL
gewidmet.

Einen von den Unbekannten, von den im Dunklen und in Verges-
senheit lebenden »Certains« führe ich hier vor.

Er ist Einer von denen, die auf dem Wege hinknicken, wie kranke
Blumen, – Einer von dem aristokratischen Geschlechte des neuen
Geistes, die an übermäßiger Verfeinerung und allzu üppiger Ge-
hirnentwicklung zu Grunde gehen.

Wie ich in der Serie »Zur Psychologie des Individuums« durchaus keine Kritiken schreiben wollte, sondern einzig und allein die
jüngste Evolutionsphase des menschlichen Gehirnes zu untersu-
chen beabsichtigte, ihre feinen und feinsten Wurzelfasern zu be-
schreiben, ihre Zusammensetzung zu analysieren, ein Totalitätsbild
dessen zu geben, was noch unklar und verschwommen, nichtsdes-
toweniger immer energischer in den verschiedensten Äußerungen
des modernen Lebens sich kundgibt: so auch in dieser Erzählung.

Es sind zumeist nur feine Spuren, die sich bis jetzt verfolgen lassen, zumeist nur Schattenstreifen, die eine Monomanie, eine Psy-
chose in die Zukunft wirft; aber das sind die geknickten Zweige in
der finsteren Wildnis, die zur vorläufigen Orientierung genügen.

Man erschrecke nicht vor den Neurosen, die am Ende doch den Weg bezeichnen, den die fortschreitende Entwicklung des menschlichen Geistes einzuschlagen scheint. In der Medizin hat man sich schon längst abgewöhnt, beispielshalber die Neurasthenie als eine Krankheit zu betrachten; sie scheint vielmehr die neueste und absolut notwendige Evolutionsphase zu sein, in der das Gehirn leistungsfähiger und vermöge der weit größeren Empfindlichkeit viel ausgiebiger wird.

Wenn auch die Neurose vorläufig noch tief den Organismus schädigt, so ist das weiter nicht schlimm. Gegen das Gehirn ist die sonstige körperliche Entwicklung zurückgeblieben, aber es dauert nicht lange: der Körper wird sich anpassen, das wunderbare Selbststeuerungsgesetz wird in Funktion treten, und was heute neurasthenisch heißt, wird sich morgen die höchste Gesundheit nennen.

Grade in den Neurosen und Psychosen liegen die Samenkeime eines neuen, bis jetzt noch nicht klassifizierten Empfindens; sie sind es, in denen das Dunkle sich mit der Morgenröte des Bewußtseins rötet und die unterirdischen Riffe sich über das Niveau der Meeresfläche heben.

Wenn auch manches »cent fois grandeur naturelle« erscheint, so schadet auch das nichts! Was groß ist, kann besser gesehen werden; für den Psychologen kann solche Größe nur willkommen sein.

Einen Unbekannten, Einen »vom Wege« habe ich aufgelesen. Die Menschen, die ich analysiere, brauchen durchaus nicht literarische »Größen« zu sein; aus dem Empfindungsleben eines fein konstruierten Alkoholikers, eines Monomanen, der an Schreckbildpsychose leidet, kann man tiefere und feinere Rückschlüsse auf die Psychologie der Zeit, auf die Natur einer wirklich individuellen Veranlagung gewinnen, als aus den Werken manches großen Literaten.

Zumeist sind es die großartigsten Offenbarungen des Intimsten und Innersten der Menschenseele; zuckende Blitze sind es, die in das große Unbekannte, in das fremde Land des Unterbewußten ein grelles, wenn auch momentanes Licht werfen.

Daß diese »Certains«, diese geistigen Sachsengänger, die überall und nirgends ihre Heimat haben, zu Grunde gehen, ist weder befremdlich, noch traurig. Sie sind vielleicht der einzige Luxus, den sich die Natur jetzt noch gestattet. Die Seele ist ihr großes Meisterwerk, aber sie schafft und experimentiert noch immer an ihm, noch immer schafft sie neue Versuchsformen, bis sie eines Tages doch vielleicht das große Übergehirn erschafft, nach dem es sie gelüstet.

Der Psychologe hat selbstverständlich das unumschränkte, unbegrenzte Recht, ein solches Experimentierobjekt mit derselben Freiheit zu behandeln, mit derselben Ruhe, mit demselben Jenseits von Gut und Böse, wie es beispielshalber dem Botaniker ohne Widerrede eingeräumt wird, wenn er eine neue Spezies behandelt. Von diesem Rechte habe ich Gebrauch gemacht.

Die Erzählung, in der dies individuelle Leben speziell in Rücksicht auf den *Geschlechtswillen* untersucht wird, ist in der Ichform geschrieben, weil man in ihr den intimsten Puls am besten erfassen, das leiseste Zittern des neuen, aus den Plazentahüllen des Unbewußten sich sehnenden Geistes am deutlichsten vernehmen kann.

Berlin, Pfingsten 1893.

Am Anfang war das Geschlecht. Nichts außer ihm – alles in ihm.

Das Geschlecht war das ziel- und uferlose ἄπειρον des alten Anaximander, als er Mir den Uranfang träumte, der Geist der Bibel, der über den Gewässern schwebte, als noch nichts war außer Mir.

Das Geschlecht ist die Grundsubstanz des Lebens, der Inhalt der Entwicklung, das innerste Wesen der Individualität.

Das Geschlecht ist das ewig Schaffende, das Umgestaltend-Zerstörende.

Es war die Kraft, mit der Ich die Atome aufeinander warf, – die blinde Brunst, die ihnen eingab, sich zu kopulieren, die sie Elemente und Welten schaffen ließ.

Es war die Kraft, die den Äther in namenlose Sehnsucht brachte, seine Teile Welle in Welle zu kuppeln, sie in heiße Vibrationen stürzte und zu Licht werden ließ.

Es war die Kraft, die den elektrischen Strom in sich zurücklaufen, Dampfmoleküle an einander prallen ließ, – und so ist das Geschlecht Leben, Licht, Bewegung.

Und das Geschlecht wurde maßlos geil. Es schuf sich Fangarme, Trichter, Röhren, Gefäße, um die ganze Welt in sich hineinzuschlürfen; es schuf sich einen Protoplasmaleib, um mit unendlicher Fläche zu genießen; es sog alle Lebensfunktionen in seinen gierigen Schlund hinein, um sich zu befriedigen.

Und es wälzte sich dahin in endloser Evolution und konnte nicht ruhen; und es streckte sich aus in zahllose Formen und konnte sich nicht befriedigen. Es raste nach Glück im Trochiten, es wieherte nach Genuß in der ersten Metazoë, als es das Urwesen in zwei Teile zerriß und sich selbst in zwei Geschlechter spaltete, grausam, brutal, zur gegenseitigen Zerstörung, nur um ein neues, raffinierteres Wesen zu schaffen, das eine kompliziertere Befriedigungsorgie für die ewig hungrigen Dämonen seiner Wollust erfinden könnte.

Und so schuf sich das Geschlecht endlich das Gehirn.

Das war das große Meisterwerk seiner Wollust. Es fing an ihm zu kneten und zu winden an, und drehte an ihm, und stülpte es aus in Sinnesorgane, zerteilte Das, was ganz war, in tausend Modifikationen, differenzierte Gemeingefühle zu distinkten Sinneseindrücken, zerschnitt ihre Verbindungen unter einander, daß einer und derselbe Eindruck in verschiedenen Sensationen kostbar würde, daß die einheitliche Welt als fünf- und zehnfache Welt erschiene, und wo früher eine Kraft sich sättigte, wühlten nunmehr tausende.

Das war die Geburt der Seele.

Das Geschlecht liebte die Seele. An seiner hermaphroditischen Brust ließ es die Gehirnseele erstarken; es war für sie die Aorta, die von dem Herzen des Allseins ihr das Lebensblut zuführte; es war für sie die Nabelschnur, die sie mit der Allgebärmutter verband; es war der Linsenfokus, durch den die Seele sah, die Skala, in der sie die Welt als Ton, der Umfang, in welchem sie die höchste Lust, den höchsten Schmerz perzipierte.

O – das arme, dumme Geschlecht! und die undankbare Seele!

Das Geschlecht, das sich durch Mich ins Allsein objektivierte, das zum Lichte wurde, das sich die Seele schuf, ging an dieser Seele zu Grunde.

Was Mittel sein, was dienen sollte, wurde Selbstzweck, wurde Herrschaft. – Die Sinneseindrücke, die eine neue Zuchtwahl einleiten, neue Gattungen bilden sollten, fingen an, autonom zu werden.

Die distinkten Sinne fingen sich zu mischen an, das Oberste wurde zum Untersten, Ton zur Farbe, Geruchserregung zur Muskelempfindung, die Ordnung wurde zur Anarchie, und ein wütender Kampf zwischen Mutter und Kind begann.

Sie wollte es bemeistern, unterjochen; sie spannte um ihr Kind die Mutterkrallen, sie riß an ihm, band es an sich fest mit tausend Lüsten, tausend geilen Fäden, sie warf es auf das Genital- und Zeugungstier – das Weib; sie überflutete seine Augen mit Blut und stumpfte sein Gehör ab, und dämpfte seine Stimme zum heißen keuchenden Liebeszischen, und brachte seine Muskeln in Krämpfe, und ließ Wollustschauer wie bebende Schlangen über seinen Körper kriechen, – aber nichts, nichts konnte helfen.

Die kleine Bakterie fraß den Leukozyten auf.

Vergebens ließ er alle seine Lebenssäfte auf den Punkt zusammenströmen, wo die Bakterie saß und um sich fraß, vergebens warf er seinen Kern in seine satanische Braut, sie mit seiner Lebensachse zu zerstören; der Kern zerbirst, reißt auseinander, er zerfällt in seine Granula, und die höchste Lebensfunktion, die Allmutter alles Seienden, die Erschafferin der Lebewesen, der Vatersame jeglicher Entwicklung, ist tot.

Der Leukozyt stirbt.

Huh! Das war die Brautnacht, die blutschänderische Brautnacht des Geschlechtes mit der Seele, das Hohe Lied von der siegenden Bakterie.

Und die Seele wurde krank und welk und siech.

Eigenhändig hat sie sich von der Gebärmutter losgerissen, die Aorta unterbunden, die Kraftquelle versiegen lassen.

Sie lebt, – ja, sie lebt noch, weil sie sich sattgefressen hat am Geschlechte; sie zehrt noch an dem Inhalt, den das Geschlecht ihr gab. Sie produziert Formen und Töne, die sonst nur der Fortpflanzung dienten; sie kann sich noch Halluzinationen schaffen, die sonst nur die Sexualsphäre reizten; sie kann sich in eine Ekstase versteigen, die dem Größenwahnsinn des Geschlechtes gleicht, wenn es wähnt ein fremdes Wesen in sich aufgehn lassen zu können. Aber alles, was sie so auf eigene Faust erzeugt, ist nur Luxusfunktion, wie die Kunst nur Luxusfunktion des Geschlechtes ist, und ist steril, was die Kunst nicht ist, weil in ihr der mächtige Pulsstrom des lebendigen Geschlechtes, der fieberheiße Samengolf des Lichtes, des Willens nach persönlicher Unsterblichkeit erzittert.

Und so muß die Seele untergehen; so muß die siegende Bakterie an dem resorbierten Leukozyten sterben.

Aber ich liebe die heilige, große Funktion, in die sich mein Geschlecht verflüchtigte und sublimierte: meine große, sterbende Seele, die mir mein Geschlecht geraubt hat und es auffraß, um daran zu sterben.

Und so muß ich untergehen an meinem zerfallenden, in tausend übergeschlechtliche Sensationen zerbröckelten Geschlecht.

Ich muß untergehen, weil die Lichtquelle in mir ausgetrocknet ist, weil ich das Schlußglied bin in der endlosen Kette der Entwicklungstransformationen meines Geschlechtes, weil die Wogen dieser Geschlechtsevolution nicht über mich hinauskönnen, weil ich der weiße, sturmgepeitschte Schaum bin auf dem Kamme ihrer letzten, brandenden Woge, die sich bald am Strande zerschlagen wird.

Ich muß untergehen, weil meine Seele zu groß wurde und zu schwanger mit meinem Geschlechte, als daß sie einen neuen, leuchtenden, morgenbrünstigen, zukunftsfrohen Tag gebären könnte.

Und so muß ich an der sterilen Schwangerschaft meiner Seele zu Grunde gehn.

Aber ich liebe auch mein totes Geschlecht, dessen Reste meine Seele aufzehrt; ich liebe diese letzten Blutstropfen meiner Individualität, in denen sich das Ursein widerspiegelt in seiner ganzen Majestät, in seiner Untiefe und Abgründigkeit, blaß und schwach; ich liebe das Geschlecht, das meine Gehörseindrücke mit den wunderbarsten Farben färbt, Geschmackshalluzinationen auf die Sehnerven leitet, epidermale Eindrücke zu visionären Ekstasen werden läßt, – und ich liebe meine Krankheit, meinen Wahnsinn, in dem so viel von doktrinärem, raffinierten, höhnenden, mit ernster, heiliger Miene höhnenden System sich offenbart.

*

Ich bin ganz ruhig – und sehr, sehr müde.

Nur tief, ganz tief, schmerzt mich etwas. Es ringt etwas nach Gleichgewicht; oder vielleicht, ja, vielleicht ringt es in der letzten Agonie.

Etwas ist verloren gegangen; der mystische Oszillationspunkt, auf den sich alle meine Kräfte beziehen. Er wurde aufgehoben durch tausend andere Kraftzentra, und das Einheitliche zerfiel in tausend Scherben.

Meine Gedanken nehmen etwas Eigenwilliges an, sie gehen und kommen spontan, willkürlich, zügellos.

Manche erscheinen mir wie rötliche Phosphoreszenzen um einen tiefvioletten Heiligenkranz, wie man die Interferenzen der Gaslichtlaternen im Regenwetter durch die trüben Scheiben sieht, ganz weich und flüchtig. Manche kommen mir vor wie ein langer Lichtstrahl, der auf eine wellengekräuselte Wasserfläche geworfen wird; irgendwo in der Tiefe spiegelt er sich wider, in Millionen Lichtflecke zerbrochen, die sich auf den Wellen wiegen, umarmen und küssen in einer überirdischen Reinheit, Keuschheit und Ewigkeit.

Andere wachsen ins Riesenhafte, Ungeheure, Exotische aus. Mein Gehirn, das bisher nur in europäischen Dimensionen zu denken gewohnt war, umspannt jetzt die gewaltigen Formen der Tempel von Lahore, kombiniert die ägyptische Sphinx mit dem chinesischen Drachen; es schreibt mit den furchtbaren Massen, aus denen die Pyramiden entstanden sind, es denkt in dem vollen, majestätischen Sanskrit, wo jedes Wort ein lebender Organismus ist, der durch einen mystischen, pangenetischen Vorgang zu einem Wesen wurde, einem riesigen Geschlechtsorgan mit unermeßlicher Zeugungskraft, das alle Sprachen, alle Gedanken gezeugt hat: eine Synthese von Logos und Kâma – das Wort des Johannes, das zum Fleische wurde.

Und ich schwelge dann in wüsten Raumphantasien. Ich bin ein assyrischer König, mit himmelstürmender Tiara und grellen, lichtgewobenen Brokatkleidern; auf dem Sensenwagen schwebe ich dahin über der europäischen Misere mit einer Macht und grandiosen Herrlichkeit, die einst die Sklaven auf ihr Angesicht in Staub und Kot geworfen hat.

Ja: ich liebe die babylonische, schweigsame Majestät, wo die Worte teuer und kostbar waren, weil sie einen schauerlichen Geburtsakt kosteten.

Ja: ich liebe die titanische, naive Gewalt des Machtbewußtseins, die den Göttern höhnt, die über Menschen herrscht und all Getier, die das Meer peitschen ließ und in unbekannte Länder Fesseln mit sich führte.

Ja: ich liebe den Wahnsinnstrotz, den granitharten, drachenzahngeborenen Stolz des biblischen Menschen, der dem grausamen Gotte höhnend mit dröhnendem Lachen sein erstes Satan-Jehovah zuruft und einen Felsen aus der Erde reißt, um ihn gegen den Himmel zu werfen, gegen die eherne Stirn des furchtbaren Mörders, der seine selbsterschaffene Brut geißelt für die Sünden, die er selbst ihr eingeimpft hat.

Und ich fühle, wie mir die Pupille das Auge überflutet, wie mein Körper sich reckt, wie die Brust mit doppelter Lungenkapazität sich dehnt und die furchtbare, heilige Mitrasstille sich auf mein Antlitz legt.

Und dann kommt der gigantische Augenblick, wo ich Sensationen empfinde mit einer Fläche von tausend Quadratmetern, wogegen diese paar Kubikzentimeter Blut, mit denen ich Sauerstoff absorbiere, eine lächerliche Kleinigkeit sind, – wo ich die Wiedergeburt aller Völker und Kulturen in mir feiere, – wo ich mit unaussprechlicher Liebe das kindische Konglomerat von grellsten Farben auf einem ägyptischen Friese und die höchste technische Farbenvollkommenheit irgend eines Franzosen genieße, – wo mir das lächerliche Tam-tam eines Negerliedes neben der kompliziertesten Chopin'schen Sonate als gleicher Genuß gilt, – wo sich alle meine Sinne durchdringen wie in einer Xenophanischen Gottheit oder wie in einer Molluske, die nur mit einem Organe alle Sinneseindrücke aufnimmt.

Und wenn der Raum entweicht, – wenn alles um mich einstürzt, wie Wellen in ein Loch, das ein Kind mit einem Steine in die Wasseroberfläche einschlägt, – wenn die Herrschaft über meine Muskeln aufhört und ich Haut- und Muskelsinn verliere und nicht mehr weiß, ob ich da bin, – wenn tausend Jahre in mir rückwärtsfluten und ich auf Augenblicke meine nackte Individualität, mein sterbendes Geschlecht zurückgewinne, daß ich in das Ursein sinke, mich als Uratom begreife, der sich selber begatten will, und den Puls des Allseins sich in meine Adern gießen fühle: dann empfinde ich ein namenloses, tiefes, unendliches Glück, weit und tief wie die Atmosphäre, die sich über die Welt gelagert hat.

Ich begreife sehr gut, daß es das Ende ist. Ich weiß, daß es Desintegrationen der Empfindungen, schwere Muskel- und Innervationsstörungen sind. Aber was geht das alles Mich an!

Ich *will* untergehen.

Und wenn auch meine Empfindungssphäre sich völlig von meinem Willen emanzipierte, wenn meine Seelenzustände nur zur Hälfte gedeihen, – eine wirre Menge von Gedanken, ein zerfasertes Netz von Gefühlen, jeder motorischen Energie von Grund aus bar: so genieße ich dafür in Mir das wunderbare, mikrokosmische Bild einer titanischen Weltanschauung! –

Ich, das Subjekt, bin nur in der Empfindung; ich kenne mich nur in der Empfindung; ob die zum Willen wird, ist furchtbar Nebensache.

Ich kenne nichts außer meiner Empfindung, und ich kenne vor allen Dingen keine Kausalität, nur Aufeinanderfolge meiner Empfindungen; ob sie logisch sich abwickeln oder nicht, das ist nicht meine Sache.

Mein Subjekt sitzt einfach auf dem Isolierschemel. Es ist das Gravitationszentrum, um das das illusorisch Seiende oszilliert; es guckt durchs Mikroskop oder, je nachdem, durchs Fernrohr; und in der Souveränität Meines Subjektes erlaube Ich Mir zu denken, daß alles nur ein Traum ist und das »Wirkliche« nur eine besondere Form des Traumes und Ich mir selbst so fremd wie Euch.

Und Euretwegen, die ihr gar vielleicht nicht existiert, ihr Hirngespinste meiner geschlechtsschwangeren Seele: Menschenkinder, euretwegen sollte ich leben?

Etwa weil ich der Menschheit etwas schuldig bin, weil ich »doch nun einmal da bin«?

Ha, ha, hah! Mais rassurez vous: Ich liebe euch alle –

euch, die ihr nichts zu sein vermögt, als die autonomen Geschlechtsorgane der Argonauten, die sich in der Brunstperiode vom Mutterleib ablösen und auf eigene Faust das Weibchen suchen;

und euch, die ihr euch in ständiger geschlechtlicher Innervation befindet, euch Künstler nennt und eure Wollustideale produziert;

und euch, die ihr ewig lauert auf Erwerb für eure fortgepflanzten Spermatozyten, was ihr Liebe zur persönlichen Unsterblichkeit benamst;

und euch, die ihr maßlos verschwenderisch seid; denn in eurer Narrheit waltet die dumme Grandiosität der Geschlechtsnatur, die fünfzehn Millionen Spermatozyten braucht, um ein lächerliches Eichen zu befruchten;

oh! ich liebe euch alle, und ich bedauere euch, weil ihr leben müßt und der Misthaufen seid, dem neue Zukunft entsprießen soll, weil ihr Mittel seid und Genitalorgane des Geschlechtes und euch verpflichtet fühlt für andere zu leben.

Ich bin für mich allein!

Ich bin Anfang, weil ich die ganze Entwicklungsreihe in mir trage, und bin Ende, weil ich ihr Schlußglied bin.

Allein mit meinen Empfindungen.

Ihr habt noch eine Außenwelt; ich habe keine, ich habe nur Mich.

Ich bin Ich.

Ich, die große Synthese von Christus und Satan, der ich mich selber auf den Berg führe und in Versuchung bringe und mich übertölpeln will.

Ich, die Synthese von trunkenster Begeisterung und kalt berechnetem Raffinement, die Synthese vom gläubigsten Urchristen und höhnisch grinsendem Unglauben, ein mystischer Ekstatiker und satanischer Priester, der mit gebenedeietem Munde die heiligsten

Worte und obszönsten Blasphemien im selben Augenblick verkündet.

Und in diesem Augenblicke habe ich eine Lichtempfindung, wie wenn ein ganzes Meer von Purpurrot aus halbgeronnenem Venenblut über den Himmel ausgegossen wäre, und in den Ohren einen schneidenden, sauren Ton in der Applikatur, wie wenn ein Folterknecht mit einer Säge durch eine Glasplatte schnitte –

O qualis artifex pereo!

*

Du bist wie ein schwacher, matter, silberner Lichtstrahl, den ein Hüttenfenster in einer lauen Herbstnacht auf die Wiese ausgespien hat über das nasse, weiche Nebeltuch, das mit brünstiger, lustsatter Müdigkeit auf dem Grasteppich lagert. Über die Nebelfläche wiegt er sich wie eine zögernde Welle Licht; wie Glockentöne zum Ave-Maria fließt er rein, golden, allmählich verklingend, und lange hallt er nach und gießt sich in den Körper mit matter, kranker Ruhe.

Du bist wie die blaue Morgenstunde, wenn der Osten sich zu röten und Licht auszuatmen beginnt. Die ganze Welt sättigt sich mit den dunklen Osternachtmysterien der Auferstehung, sie taucht unter in der blauen Seligkeit des Himmels, sie zerfließt in dieser Atmosphäre kalten, flüssigen Damaszenerstahls, und plötzlich brennt sie auf, in weitem, tiefem violetten Farbenmeer, das die ersten, melancholischen, traummüden Lichtkolumnen entfachen.

Und alles ist tief und blau und heilig.

Um deine Augen war es wie Protuberanzenschein bei Sonnenfinsternissen, wie eine Phosphoreszenz der Fäulnis, und sie glühten wie zwei tiefe Sterne einer schwarzen Herbstnacht in den Abgrund meiner Seele hinein.

Um deine Mundwinkel feine, weiche Interferenzlinien, die mich an meinen heimatlichen See erinnerten, an die klare, stille Wasserflut, wenn ich sie mit dem Ruder bewegte.

Deine Stimme kam zu mir, wie wenn sie über das grüne Meer mit dem Frühlingswinde hergeweht wäre, und ich höre sie fortwährend als ein aufgelöstes, in Schallatmosphäre transformiertes Lichtmeer, das mich beständig umfließt mit unendlich feinen, distinkten Wellenschwingungen.

Ich gehe wie eingehüllt in sie, und meine Gedanken fließen auf und nieder auf der wogenden Rhythmik dieser Stimme mit der weichen – frauenhändeweichen Dominante in Cismoll.

Als ich dich das erste Mal erblickte, war es mir, als ob ich meine Individualität in ihrer mystischen Nacktheit gesehen hätte.

Du warst für mich die Offenbarung meines höchsten Schauens; in Dir war das Rätsel meiner höchsten ästhetischen Sehnsucht gelöst.

Du warst die Geschichte meiner Entwicklung, meine sexuelle Vergangenheit. Ein Stück Palingenesis warst du von mir; in uns beiden hat sich die gemeinsame Uridee, die gleiche Woge der Geschlechtsevolution objektiviert.

Und so mußte ich deine Formen, deine Bewegungen lieben, so mußte mich die Stimmung, die du strömtest, berauschen, weil mein Geschlecht mir meine Seele auf dich eingerichtet hatte, daß sie dich zum Fraße ihm zuführe, zum Molochopfer überliefere.

Du warst wohl ursprünglich mein höchstes sexuelles Ideal; doch seitdem sich meine Seele autonom erklärte und mein Geschlecht erwürgte, konnte ich dich nur noch mit den Sinnen meiner Seele lieben, ihre Werkzeuge auf dich richten, dich mit meinen Augen trinken, den Tonfall deiner Sprache streicheln, meine Muskeln innervieren lassen durch die verschwimmenden Linien deines Körpers in eine unendliche Weichheit.

Und ich habe dich genossen in ewiger Qual und namenloser Sehnsucht. Es war, wie wenn ich eine Art physiologischen Amöbenbewußtseins empfangen hätte und den Augenblick in mir verspürte, als die Amöbe sich teilte, die Hälfte ihres Kernes zum neuen Wesen werden ließ, dieses verloren hatte und sich nun in brütender, qualvoller Sehnsucht nach ihm sehnte.

Es war, wie wenn ich mich als Hermaphroditen fühlte, mich selbst parthenogenetisch befruchtet hätte, ein Weibchen nach meinem Urbilde schuf, das aber fremd und Nicht-Ich wurde.

Und ich sehnte mich nach dir immer und ewig, ich sehnte mich nach jenem Augenblicke, als du Eines mit mir warst, bevor ich mich in Deinem Körper objektivierte.

Ich sehnte mich in heißem Fieber nach dem Werdeprozeß, wie die Formen Meines Geistes sich in deinen Körper kleideten, die Zuckungen meiner Muskeln dich ins Leben leiteten, wie du nach dem Muster meines Geistes wurdest und ein neues Wesen begann.

Ich liebe dich, wie die untergehende Sonne das Roggenfeld an Sommerabenden mit den letzten, blutroten Strahlen liebt; ich scheide ungern von dir, wie die Sonne von der Erde scheidet mit Weh und Sehnsucht, weil sie das heilige Mysterium der Nacht nicht sehen kann.

Das Mysterium der Nacht und des Abgrunds – in Dir wollte ich es sehen. Ich griff nach ihm mit fiebernden, qualstöhnenden Fingern; wie feine Lanzettenspitzen grub ich sie in deine Tiefe, und immer entschlüpfte es mir, glitt tiefer, verschwand.

Das Grundelement verflüchtigte sich in tausend Sublimationen, und mein Geist rang und krümmte sich in wilder Qual, dich wieder in sich aufzusaugen, dich aufzulösen in seiner brünstigen Hitze wie ein Stück Metall – Dich, seine verlorene Kernhälfte.

Und so bliebst du mir fremd, weil nur mein Geschlecht dich wiedererkennen könnte; das lebendige, nackte Geschlecht, das in mir tot ist.

Tot ist Das, was war, bevor ich wurde, was deinen Entstehungsprozeß sah, was ihn vielleicht veranlaßt hat, was durch endlose Formen sich bis zu mir hindurchgerungen hatte, was einst keine katoptrischen Instrumente brauchte, um zu sehen, kein Cortisches Organ, um zu hören.

Ich liebte dich nur mit meiner Seele, mit der skeptischen, kranken Seele, die dich als klein, mir unterlegen, meine Magd und Sklavin empfand.

Ich liebte deine Lüge, weil ich selbst verlogen bin.

Aber während Deine Lüge ein paar lächerliche Liebhaber an der Nase führen konnte, schuf Meine Lüge die wunderbarsten wissenschaftlichen Hypothesen, schuf neue Welten, schuf Poesie, zwang den Menschen neue Gedanken, neue Gesittung auf, vollbrachte die ganze Kulturarbeit.

Ich liebe dein Verbrechertum, weil ich selbst Verbrecher bin.

Aber während Du als Verbrecher höchstens Prostituierte, Diebin und Kindesmörderin werden konntest, habe Ich als Verbrecher neue Gesetzestafeln geschrieben, alte Religionen vernichtet und neue entsponnen, Völker von der Erdkarte weggestrichen, der Erde die Eingeweide herausgerissen: Ich, der nimmersatte, ewige Verbrecher, der Erreger des Stoffwechsels in der Geschichte, der Geist der Evolutionen und Zerstörungen.

Ich liebe dein Geschlecht, das dich brünstig und empfänglich machte; du warst der Maßstab für die Stärke meiner Muskelkraft, mit deinem Gebärmuttergehirn hast du mein Geschlecht begriffen, mich in meiner Nacktheit gesehen, mich vor mir selbst entkleidet und das Rätsel meines Seins entwirrt.

Und das ist deine Stärke.

Das, was ich nicht konnte.

Deshalb liebe ich deine Lüge und dein Verbrechertum, weil sie deine Geschlechtsfunktionen sind, mit denen du den Weltgeist in mir faßtest und dich an ihm festsaugtest und ihn auf dich wirken ließest, um ihn doch vielleicht der neuen Zukunft, die deinem Schoß entsprießen sollte, dienstbar zu machen.

Vor meinen Augen steigen Bilder namenloser Qual auf, die ich mit dir verlebte.

Erinnerst du dich wohl, wie du im ekstatischen Aufschwung deines starken Geschlechtes mich tief, schmerzlich tief, in dich hineinpreßtest?

Von unten empor drangen Tonwellen irgend einer Musik in mein Zimmer herauf; durch grünen, dichten Abat-jour ergoß die Lampe mattes Krankenbettlicht, und ich fühlte, wie durch irgend einen Vorgang die Zuckungen deines Körpers sich mir mitteilten, wie sie auf meine Blutbahnen wirkten und das Herz in kleineren Zwischenräumen das Blut in die Gefäße speien ließen und in meinem Gehirne lange, lange nicht betretene Pfade in Erzitterung gerieten.

In diesem Augenblicke fühlte ich Glück.

Ich horchte gespannt, wie die geschlechtlichen Elemente sich summierten, wie eine schwache Welle sich in meinem Körper fortpflanzte, die immer stärker wurde, immer weitere Interferenzkreise um sich zog; ich fühlte, wie mein Kehlkopf sich zusammenschnürte und banale Liebesworte stammeln wollte, wie mein Bewußtsein immer schwächer wurde, immer geringeres Verständnis für die inneren Vorgänge hatte, – aber da plötzlich hat dein Körper sich in eine schiefe, gebrochene, unanständige Linie gekleidet, und im Momente stürzte das mühevolle Werk intensesten Wollustschmerzes zusammen, das Gehirn packte mit eisernen Raubtierkrallen das Geschlecht und erwürgte es.

Und du lagst da, und betteltest mit deiner Brunst, schweigsam, mit geschlossenen Augen.

Und ich lachte; roh, zynisch, gemein; – lachte, daß ich glaubte, mir würden alle die feinen Blutgefäße in meinen Lungenbläschen platzen.

Du armes Kind! – Deine Gebärmutter hat dich übertölpelt. Aber beruhige dich: du hast mit ihr das Saïsrätsel meines Lebens geschaut.

*

Ich entstamme einer Mischehe zwischen einem protestantischen Bauern und einem katholischen Weibe, das einer alten, verarmten aristokratischen Familie angehörte.

In meinen Erinnerungen dominiert noch immer die schlanke, schmächtige Frau mit dem Carlo-Dolci-Gesicht, in deren Züge Jahrhunderte von Verfeinerung und auserlesenster Zuchtwahl ein unauslöschliches Stigma geprägt hatten.

Sie liebte niemals den Vater; sie heiratete ihn nur deshalb, um bei ihren Standesgenossen nicht dienen zu müssen. Unter endloser Qual hatte sie gelernt, sich seiner Lust hinzugeben; unter tiefstem sinnlichen Ekel, unter der mächtigsten Empörung ihrer blutenden Seele, der nach Rache schreienden Physis wurde Ich geschaffen.

Von Anfang an Schmutz – und Schmutz – und Schmutz.

So weit sich meine Erinnerungen strecken, empfand ich mich immer als etwas Unkoordiniertes, Widerspruchsvolles, Zusammengewürfeltes, das mein Wollen paralysierte und mein Denken durch impotente, aber immerwährende Impulse in steter Reizbarkeit erhielt.

Immer hatte ich etwas an mir, das nicht die geringste Affinität zu anderem in mir besaß. Die heterogensten Elemente lagen als Gemenge nebeneinander, ohne Verbindungen stiften zu können; kleine feindliche Teufel standen sich gegenüber, um sich bei jeder Gelegenheit mit blutigem Hohn zu beschimpfen.

Die Mutter war das große geologische Agens, das die entstehenden Formationen meiner Seele verschob, kantete, auflöste, abnorme Verbindungen bildete und mit ihrem Geiste den ersten giftigen Bildungskeim in die frische Krume legte.

Und dieser Bildungskeim, der zu einem Seuchenherde wurde, aus dem die kranken Sumpfblumen meiner Lebensäußerungen sproßten, das war ja jene unbefriedigte geschlechtliche Sehnsucht; das war ihr eigener abgründiger Zwiespalt zwischen der Gebärmutter und der Seele; – das war, daß ihr Geschlecht von der Seele als etwas Schmutziges weggestoßen werden mußte, weil es einem ungeliebten Manne zum Werkzeug diente.

Ihre Seele sah sich in den Kot getreten, mit brutaler Kraft vergewaltigt, und sie schwang sich empor mit wildem Elan nach etwas grenzenlos Innigem, Reinen, Verklärten, Geschlechtslosen.

Das Geschlechtslose in ihr erzeugte das Geschlechtslose außer ihr, ein Etwas, um das sich alle ihre Gefühle wie um einen kosmischen Kernpunkt gruppierten, in Wärme gerieten, ewig wechselten, in ewigem Fluß verharrten.

Und wenn wohl auch allmählich die Leidenschaft und Wärme ihrer Sehnsucht matter wurde und das große Weh, das diese Sehnsucht belebte, sich verlor, so blieb doch immer etwas, dessen Herkunft sie nicht mehr sagen konnte, das den Zusammenhang mit ihrem früheren Leben eingebüßt hatte, – gleich einer abgeschliffenen, kurrenten Metapher, deren rätselhafte Genesis niemand mehr entwirren kann.

Und mit dieser metaphorischen Sehnsucht imprägnierte sie meine Seele; sie goß sie in jede Nervenfaser, sie schlug sie wie Grenzpflöcke in den Umfang meines Empfindens, und sie machte mich so krankhaft empfindlich, so mystisch verschämt und so maßlos zynisch.

Sie war es, die mich tränkte mit dem Ekel vor dem Geschlechtlichen, die den ersten Zerstörungskeim in die Verbindung zwischen meiner Seele und dem Geschlechte säete, die den Zwiespalt meiner physischen Hereditäten noch tiefer spaltete.

Immer empfand ich mich als den Bauern mit dem ausgesprochenen Rechtlichkeitssinn, der naiven Verschlagenheit, der Neigung zur ruhigen, freudelosen Beschaulichkeit, in der Jahrhunderte starren Protestantentums und mühevoller Arbeit lebten.

Aber neben dem Bauern, der Jahrhunderte lang mit dem Ochsen zusammen, am Pfluge zog, der seinen Rücken vor dem Schloßherrn beugte, dessen Füße platt und dessen Hände schwielig wurden, lebt da in mir der Aristokrat, dessen Ahnen von den Steppen des heiligen Irâns in die europäischen Ebenen zogen und die Autochthonen sich dienstbar machten, – der Aristokrat mit der maßlosen Frechheit und prahlenden Verlogenheit der herrschenden Klasse, der Aristokrat mit der Treibhaushitze des Raffinements, das Jahrhunderte von Züchtung, Herrschaft, Üppigkeit und Nichtstun erzeugen.

Und so mußte das Heterogene aneinanderprallen, so mußte es Krieg geben. So mußten alle Willenshandlungen in mir sich paralysieren:

Niemals gab es in mir Liebe und Synthese.

Ich bin das Urbild alles Zentrifugalen, das Urbild der Auflösung und Zerstörung.

Ich bin die Walpurgisnacht am Hexensabbath der Entwicklung, das Mene Tekel, in dem sich meine Zeit in den letzten spasmatischen Zuckungen austobt.

In jede Nervenfaser drang dieser Zwiespalt hinein, in zwei parallele Nervenströme teilt er jede meiner Sensationen: jede immer Lust und Schmerz zugleich. Sie überfluten einander, sie wollen einander aufreiben, und immer ist die Schmerzempfindung die siegreiche.

Kaum empfinde ich das leise Prickeln eines Lustgefühls, schon höre ich das Klopfen und Hämmern des Schmerzes, und dann tut sich eine wahre Orgie auf, wo die Lust zum Wahnsinn wird unter den giftigen Bissen der Schmerzschlange, eine Orgie von wildem brünstigen Hengstgewieher und stillem, verbissenem, höhnisch grinsendem Lachen eines Janushauptes mit Luzifer- und Erzengel-Michael-Gesicht.

Und diese meine Degenerationserscheinungen werde ich jetzt zu Hilfe nehmen.

Jetzt werde ich die faule Bestie von Geschlecht aus ihrer Höhle an den Ohren zerren, und ihr mit der weißen Eisenhitze meiner Lust den Rücken sengen, und in ihre Sohlen den spitzen Stachel meines Schmerzes keilen, daß sie schreit und tanzt, herrgott tanzen lernt!

Mit den Bildern, die meine kalte, raffinierte Unzucht gebar, werde ich sie stacheln, bis ich mich wieder Mann fühle, ich armer Märtyrer deiner Üppigkeit, du junges Gehirn.

*

Mein Gehirn habe ich auf die grüne Weide geschickt, auf das sterile Moor meiner Heimat; jetzt bin ich ganz Synthese, ganz Konzentration, ganz Geschlecht.

In meinen Armen ruhst du, und es ist Nacht.

Wir küssen uns, daß uns der Atem ausgeht, daß wir in einander aufgehn, wesensgleich werden.

Ich presse meine Lippen in deinen fiebernden Busen, daß meine Brust sich weitet von dem langersehnten, heißbegehrten Glück; ich schmiege deinen Pantherleib so innig an mich an, daß ich dein Herz an meine Mannbrust klopfen höre und seine Schläge zählen kann, daß ich den Blutstrom, der durch deinen Körper rast, an meinem eigenen sich entlang gießen fühle und die Wollustschauer, die deinen Körper durchzucken, meine eigenen werden.

Ich wühle mich in dich hinein; ich fühle, wie sich deine Glieder bäumen in der dionysischen Ekstase eines Wollustkrampfes, wie sie auffahren in dem wüsten Erethismus einer schmerzhaften Lust.

Fester – tiefer – noch tiefer, daß ich deinen unsterblichen Geist packe in dieser unerträglichen Hitze meiner Brunst, in dieser tollen Farce meiner Sinneslust, in dem keuchenden Hallelujah meiner Wollust.

Und jetzt bin ich die Inkarnation des Logos, als er zum Evangelium des Fleisches wurde; jetzt bin ich die allgewaltige Allsexualität, der Verknüpfungspunkt vom Vergangenen und Kommenden, die Brücke zum Jenseits der Zukunft, das Unterpfand einer neuen Evolution.

Nun weiß ich nicht mehr um meine Qual; ich sauge an deinem Geiste; immer tiefer zieh' ich ihn in mich hinein, und in dieser Wesenseinheit und Wesensvertauschung, in dieser Auflösung meines Seins in dem deinigen, in diesem Ineinandergreifen der Räderzähne unsrer tiefsten und intimsten Gefühle, in diesem übermenschlichen, rücksichtslosen, im himmelstürmenden Triumph der Geschlechtsfreiheit aufjauchzenden Willen zur Zukunft und Unsterblichkeit, hab ich deinen Geist mit den zitternden, bebenden Fingern gegriffen.

Ja, ja, ja, ja:

Er zerrann!

Wie Quecksilber zerstäubt er unter meinen Fingern; und da bist du da, – da liegst du in deiner göttlichen Nacktheit, in der Schamlosigkeit deines Geschlechtes, und ich schaue dich an als etwas Fremdes, Weites, Millionen Meilen weit Entferntes, und ich blicke in deine abgründigen Augen, die vielleicht nicht einmal Oberfläche sind.

Aber nein, – nein, – um Gotteswillen nein!

Mit der zuckenden, schaudernden, hirnzerrüttenden Leidenschaft, mit der fiebernden Glut, die mein Gehirn durchtobt, mit der ungestümen Kraft meiner lusterstarkten Glieder will ich mich von dem Erdbeben deines Fleisches schütteln lassen, nichts fühlen als die bleiche Hitze deiner Glieder, nichts hören als das jagende Sausen meines Blutes, nichts empfinden als das stechende, brutale Weh des Liebesdeliriums, – ich will aufhören zu leiden in dem Siegesdithyrambus des Geschlechtes, der tosenden Brandung einer schauerlichen Symphonie des Fleisches.

Und sage mir, wie du mich liebst! sag' es unter dem begehrlichen Gezucke deines Leibes, brenn' es mir in meine Glieder, senge es auf meine Lippen, atme es in mich hinein, dies heiße, gierige, ekstatische:

Ich liebe dich!

Sag, sag, sag es mir – wie – wie liebst du mich?

Wie – wie liebst du mich? –

Ha ha ha hah!

Ich brauche deine Liebe nicht – was willst du von mir – ich kann dir ja nichts geben – was sollt' ich mit dir – ich weiß ja nicht, was ich mit dir anfangen soll! –

Steh' auf; zieh' dich an; und bewundere ja mein großes Gehirn, das solche lustige Farce von Pubertäts- und Gymnasiastenliebe in Szene setzen kann.

Ophelia, geh in ein Kloster.

*

Auf dem Grunde meiner Seele liegt ein finsteres, schauerliches Geheimnis von einer wahnsinnigen, satanischen, schwarzen Messe, in der das sterbende Geschlecht sich austobte mit seiner zerstörenden Agonie und Todeskrämpfen, als es zum letzten Mal das δος μοι που οτω war und mich aus meinen Angeln hob.

Und so will ich es preisgeben; preisgeben den Triumph der epileptischen Brunst, noch einmal alles durchleben in einer Intensität, als ob es heut geschehen wäre, noch einmal schwelgen im Genüsse meines geschlechtlichen Vampirtums, und noch einmal mich empfinden als das übermächtige Geschlecht, das mein Gehirn als dummes, lächerliches Spielzeug gebrauchte.

Ich weiß nicht, ob es Traum war oder Wirklichkeit; ich weiß nicht, ob es nur das halluzinatorische Bild von einer Idee war oder umgekehrt die Geburt von Ideen aus vielleicht ererbten, a priori in mir liegenden Bildern.

Die Linien des Tages fließen in die der Nacht hinüber; über dem hellen Mittag ruht die große, blutrote Scheibe des Mondes, und in dem Wasser des abgründigen Brunnens spiegeln sich am lichten Tage Millionen von Sternen in mitternächtiger Finsternis.

Mein Gott! Vielleicht war es nur das psychische Epiphänomen von physischen Zerstörungsakten, von alkoholischem Delirium, von Fieberhitze oder – aber das ist ja gleichgültig.

Jedenfalls hab' ich ihn erlebt, den Todeskampf meines Geschlechtes.

Ich saß regungslos da, die Faust tief in den Mund gesteckt, mit hervorquellenden Augen, mit schmerzhaft verzerrter Gesichtsmuskulatur, ein brutales Raubtier.

Etwas mußte ich in mir zerstören, mit meinen Zähnen in das Innere beißen, tief, langsam, immer tiefer; behutsam es abreißen, damit der Schmerz stärker, langsamer, grausamer wäre; mit den langen, spitzen, scharfen Zähnen mußte ich es tun.

Seit zwei Tagen schlief ich nicht; ich aß nicht. Ich trank nur reinen Spiritus, weil meine Geschmacksnerven stumpf geworden waren und ihre Leitung nach dem Rachen unterbunden war.

Ich war beinahe lustig.

Meine Gefühle bewegten sich in wunderbarem Takt zu einer schauerlich-gespenstisch-tiefen, wüsten, starren Musik mit dem Gesichte eines altmexikanischen Götzenbildes.

Jeder Ton war wie ein Stück geschmolzenen Metalls, das in eine fürchterliche Hitze geriet und in das Spektrum meiner Seele niedertropfte und dort eine Linie zeichnete.

Ich hörte die Musik nicht, ich empfand sie deutlich als ein großes, endloses Spektrum mit grellen, ganz naiv grellen Farben.

Es erinnerte mich an die Farben, mit denen ich einen assyrischen Löwen bemalt sah.

Es wunderte mich nur, daß ich das Ultraviolett ganz deutlich empfand, aber nicht als Farbe, sondern übersetzt in eine Rückwärtswelle, in ein Etwas, das sich immerfort in regelmäßiger, rhythmischer, ganz deutlicher Rückwärtsbewegung befand und nicht schwinden wollte.

Ich hatte beinahe die Empfindung, daß ich betrunken und die Koordination meiner Bewegungsmuskulatur ausgeschaltet sei.

Ich sah die Musik in brennenden, lichterlohen, ätzenden, großen Flammenfarben; ursprünglich dachte ich an ein Gangrän, so schmerzte mich die Glut zuweilen. Zuweilen fühlte ich Nichts, und dann empfand ich ein Sinken und Sinken und griff verzweifelt um mich, um wieder hochzukommen, um mich wieder heraufzuarbeiten.

Nur Das verstand ich nicht, wie ich es mit den Zähnen packen und herausreißen könnte; es war da, ich wußt' es ganz genau, und ich mußte es 'raus haben – ja! das, woran ich diese dunkle Erinnerung hatte, ohne mich besinnen zu können, was es war.

Es war ganz finster, und an den Scheiben weinte still, lautlos in sich hinein der Regen.

In mir das Spektrum wurde intensiver, brennender; es setzte sich um in eine endlose Reihe differenzierter Schmerzgefühle.

Jeder Tonstrich wurde zu einem besonderen Schmerzgefühl.

Eine feine, lange Reihe mit deutlichen, durchsichtigen Fingern und ganz spitzen Krallen.

Sie stachen wie dünne, bis zur Weißglut erhitzte Nadeln in mein Gehirn hinein, in regelmäßig wechselnden Zwischenräumen, ganz so wie die Nadeln auf einer Leierkastenwalze in die Tonplattenskala stechen.

Und jede brachte einen neuen Schmerzenston hervor.

Zuweilen war es mir, als ob die Nadeln zu Orgelpfeifen wurden, auf denen irgend etwas in den unglaublichsten Hundertundzwanzigsteln eine grauenhafte, gräßliche Symphonie der Qualen spielte, eine orgiastische Cadenza von brutalen Leidensdelirien.

Ich schrie auf wie ein Tier, mit der Bauchmuskulatur glaub' ich, denn plötzlich empfand ich in der Nabelgegend einen fürchterlichen, stechenden Schmerz.

Ich schrie noch einmal, noch stärker; ich mußte schreien. Ich verdoppelte absichtlich die Stärke meiner Anstrengung; ich freute mich darüber; absichtlich tat ich es.

Mein Bewußtsein verlor mich niemals, nicht einmal das wissenschaftliche Bewußtsein; ich dachte ja noch immer in wissenschaftlichen Symbolen.

Aber schreien mußte ich.

Mir war, als ob ich eine Zange, eine feine, dünne Zange an die gangränöse Seite angelegt hätte, die ich mit den Zähnen nicht erfassen konnte; und nun zog ich langsam an ihr, ganz langsam – o, es war eine wüste Wollust.

Ja, das war es: ruckweise mußte ich ziehen.

Ich kam in Ekstase.

Nun mußt' ich mich noch schlagen; mit Keulenschlägen gegen den Schädel, so, daß Splitter herumflögen; einen fürchterlichen Schlag gegen die Lambdanaht, dann wird der Hinterschädel wegfliegen und das Kleinhirn wird freigelegt.

Aber nein – nein – nein: – viel feiner mußte ich es tun, grausamer, raffinierter.

Plötzlich zitterte ich am ganzen Leibe: die ultraviolette Rückwärtswelle setzte eine fürchterliche Brandung in Szene, ich wurde förmlich nach hinten gezogen, geschleppt, gerissen, wie wenn ich starke Stöße gegen die Brust bekäme.

Ich wußte, was es bedeute, aber ich wagte es nicht zu denken; ich durfte es nicht wissen, und ich wußte es selbstverständlich ganz gewiß nicht – nein, nein, nein!

Ich sprang auf; ich war ganz lustig; ich tanzte und pfiff, pfiff einen schrillen, einzigen, langen Ton.

Ich richtete meine ganze Seele auf ihn; ich horchte auf ihn, streichelte ihn, modellierte, liebte ihn, schuf aus ihm eine Landschaft, so wollig wie ein weiter Tuchmantel aus feinen ultravioletten Farben; ich wickelte mich in ihn ein. Es war ein bißchen traurig, aber das war die Traurigkeit eines Kindes, wenn es ausgeweint hat; tausend lustige Engelsäugelein lachten hinein – ganz, ganz kindlich.

Es war auch ... ein ... klein ... wenig – – kalt.

Ich schrie wahnsinnig auf.

Die Brunst nach den weichkalten Totenhänden überkam mich; eine Brunst, schauerlich, gräßlich. Sie überwucherte mich, sie umraste mich mit apokalyptischen Flügeln, und ich mußte sie tot machen, sie bekämpfen, hypnotisieren, wieder in den Schlaf einlullen mit langer, wohlgesetzter Rede, schöner, wissenschaftlicher Rede.

Ich stand auf, ich reckte mich lallend empor mit majestätisch dozierenden Gebärden:

Sie ist wie eine Zelle, die erkrankt. Sie wächst, schwillt an, Blutgefäße wachsen in sie hinein, sie produziert Gift, sie schreitet zurück bis in den mystischen Abgrund, wo sie zum sexuellen, autonomen Organismus wird, und sie vermehrt sich in einer zerstörenden, satanischen Brunst, sie wächst sich aus in dem Machtgefühle ihrer brutalen Hysterie, und alle Lebenssäfte saugt sie an sich, sie zwingt den Blutumlauf in sich zu gipfeln, sie zieht die Leukozyten aus den Blutbahnen heraus und tränkt sie mit ihrem Gifte und zwingt sie den Giftstoff in den ganzen Körper zu verschleppen, und nun kommt die scheußliche Orgie von geschlechtlicher Schweinerei, die wüste Symphonie der syphilitischen Infektion! –

Der Schweiß rann mir von der Stirne, kalter, feuchter Schweiß; ich hatte die Empfindung, die ich oft bekam, wenn ich in den Anatomiesaal trat an kalten Wintertagen und die Leichen beim Sezieren betastete.

Alles war in Ordnung in meinem Gehirn.

In der Agonie meiner Angst geriet ich in ein Stadium physiologischen Hellsehens; ich hörte alle meine Adern klopfen, ich hörte die Arbeit des Stoffwechsels, und ratlos sah ich zu, wie es wuchs, wahnsinnig, maßlos, in außereuropäischen Dimensionen.

Ich zerteilte mich; wie der Kapitän eines untergehenden Schiffes stand ich auf der Höhe der Kontrollstation meines Bewußtseins und sah dem Kampfe zu.

Jetzt mußte ich aber eingreifen, und instinktiv fing ich an zu sprechen, laut, schreiend, zusammenhanglos, um mich zu betäuben.

Und aus dem inhaltlosen Wüste meiner Sprache vernahm ich nur ein wütend höhnendes:

Huh, huh! Ich bin das Luder von Nana, ich setze mich auf den Muffat und reite auf ihm und schreie:

Huh, huh! Wioh, mein Pferdchen, wioh!

Und immer deutlicher und deutlicher fühlte ich die Totenhände; wie lange Stangen streckten sie sich mir aus irgend einer Höhle entgegen. Mein Gehirn produzierte mit einer übermenschlichen Halluzinationskraft diese Hände. Immer deutlicher fühlte ich ihren Druck; wie eiserne Spangen umklammerten sie meine Hände, sie bohrten sich in sie hinein, sie zogen und rissen an mir, ruckweis, und ich fühlte, wie mein Körper abwechselnd widerstrebte und nachgab und nach hinten fallen wollte, Ruck für Ruck. Ich wurde gerissen, gezogen, geschleppt, gezerrt, Schritt für Schritt, in ohnmächtigem Widerstand, bis ich in das Nebenzimmer hineinfiel.

Im Scheine einer Totenkerze lag ein totes Weib.

Der Docht war ausgebrannt; das Licht flackerte und warf spielende Schatten auf ihr Gesicht.

Ich hockte hin, und in den Haarwurzeln empfand ich deutliche Prickelgefühle, wie Nadelstiche auf der ganzen Haut.

Es war etwas in ihren Zügen, das mich zog zugleich und bannte. Auf dem mit Lichtern und Schatten wie ein Tigerfell gesprenkelten

Gesichte sah ich eine schauerliche Vision: weit aufgerissen ein Klapperschlangenmaul mit eigentümlich hin und her züngelnder Zunge. Ich hörte deutlich ein Zischen, vielleicht war es mein eigenes.

Auf einmal kauerte ich nieder wie ein angeschossenes Wild; ich wollte in mich versinken, mich in mir selbst verstecken, aber sehen mußt' ich es durchaus.

Die Leitung zwischen mir und dem Totengesichte war so stark, daß ich deutlich fühlte, wie mächtige galvanische Ströme mir die Augen ausfraßen; aus meiner Kehle fühlte ich eigentümliche Laute sich reißen, mühsam, qualvoll, in wilder Geburt.

Meine Lippen spitzten sich unwillkürlich zu einer prustenden Bewegung: ich machte es der Totenmaske nach.

Es sind Leichengase, schrie etwas in mir.

Nein! sie spricht, sie spricht, – Herrgott, sie spricht!

Und sie sprach.

In diesem Moment stürzte ich auf den Boden und fiel in ein brütendes Sinnen. Ich hörte nur noch ihre Stimme, die von sehr weit herkam.

Alles wich zurück; ich saß mit ihr in einem hellen Café, in einem mystischen Clair-obscur.

– Mein Gott, wie ich dich liebe! Alles, alles an dir lieb' ich; deinen eigentümlichen, schleppenden Gang, als ob dich deine Beine nicht mehr tragen wollten; deine schmalen, langen, aristokratischen Füße liebe ich, und deine Hände.

Und die Form deiner Augen liebe ich, und deinen Mund; Alles, alles.

Und wenn du spielst, so hast du ganz, ganz eigentümliche Bewegung in den Händen; du haust hinein in die Tasten mit einer Wucht und Macht, als ob dein sterbendes Geschlecht dort säße, wie du sagst.

Nur deine Haare pflegst du nicht; man muß sie doch bürsten.

Sie sah mich ganz lustig an; aber ich war müde, satt, und Ekel fraß an mir.

– Du, was ist dir?

– Nichts!

Sie sah mich ängstlich an und schmiegte sich an mich.

– Liebst du mich? fragte sie und streichelte mein Haar.

– Vielleicht; ich weiß nicht mehr.

Ich rückte meinen Stuhl ganz sachte von ihr weg. Sie starrte mich an, mit derselben entsetzlichen Angst im Blick, wie mein alter Hund mich ansah, als ich ihn totschießen wollte, weil er nicht mehr zu gebrauchen war.

Ich stützte meinen Kopf auf die Marmorplatte des Tisches und stierte in das Wasserglas, um sie nicht zu sehen beim Sprechen:

– Siehst du, wenn man degeneriert ist und krank, dann weiß man niemals um seine Zustände; sie verändern sich nämlich fortwährend, jetzt noch Liebe und Glück und im selben Augenblick Haß und Ekel –

Ich wollte sie ansehen, aber ich konnte nicht.

– Du? –

– Was?

Es klang hart; wie aus einer zerbrochenen Metallglocke kam es heraus.

– Du bist doch vernünftig, du bist auch alt genug, ich muß dir offen alles sagen ...

Sie schwieg.

– Kennst du die Kreuzersonate von Tolstoi; ich meine Das mit dem geschlechtlichen Haß und Das mit dem Ekel; verstehst du?

Ich fühlte, wie ihr Körper zitterte, wie sie in sich zusammensank.

Und nun wurde ich seltsamerweise brutal; ich fühlte Freude an ihrer Qual, ich spürte etwas von Lustmordinstinkten in mir.

Ich sprach ganz kalt und klar, beinahe zynisch.

– Siehst du, ich quäle mich; ich habe mich von Anfang an gequält. Wie du die erste Nacht bei mir bliebst und, todmüde wie du warst, einschliefst, habe ich Traumexperimente mit dir gemacht. Ich stand auf, – Herrgott, dein Leib war mir so gleichgültig, so unendlich gleichgültig; ich nahm eine Wasserkanne und goß Wasser in eine Schüssel, immer stärker, immer stärker, bis du erschrocken erwachtest. Ich fragte dich liebevoll, was du geträumt hättest, und ich freute mich, daß dein Gehirn mit solcher Exaktheit und Präzision auf den Außeneindruck geantwortet hatte. Du weißt es wohl noch, du träumtest, daß in deiner Vaterstadt ein Feuer ausgebrochen wäre und die Leute mit Wasser und Löscheimern kämen.

Ich fühlte ihre Augen starr auf mich gerichtet, daß sie mich körperlich berührten.

Jetzt mußte ich einen entscheidenden Schlag führen:

– Herrgott, du konntest mir kein Glück geben, und jetzt. ... Hör' mal, ich bin ganz brutal, aber – ich kann's nicht mehr aushalten, ich empfinde dich als eine Last. ...

In diesem Augenblicke sah ich sie am Ausgang hinter der Portière verschwinden.

Ich sank in mich zusammen und starrte das Glas an:

Sie ist gegangen – fort ... fort ...

In meinem Gehirne fing es an zu dämmern.

Ich empfand Angst, unerhörte Angst; ich fuhr auf, sie zu suchen. Plötzlich riß ich mich empor; die ganze Vision, die mein Gehirn spontan, vielleicht in ein paar Sekunden der Ohnmacht produziert hatte, war verschwunden.

Wieder sah ich das Weib auf dem Totenbette liegen.

Ich suchte den Kausalnexus zu knüpfen zwischen dem Café und dem Totenbette; vergebens. Nur eine steigende Angst, gemischt mit einer orgiastischen, qualvoll bangen Brunst nach ihr, wollte mir die Brust zersprengen.

Und das tote Gesicht sprach in wechselnder Kerzenlichtsprache, und sah mich an mit lüsternen, üppigen Augen.

Und immer stärker fühlte ich, wie die Hyänenbrunst sich in mir reckte; und in der unerhörten Intensität des wachsenden Tieres reintegrierte sich mein Gehirn.

Jetzt wußte ich genau, daß ich sie berühren mußte; nur noch die Sanktion meines Gehirnes fehlte dazu.

Und mein Gehirn hatte Mitleid mit mir.

Ich erinnerte mich plötzlich, daß nach einer alten Sage auf dem Grunde des Totenauges der letzte Todeskampf zu sehen sei.

Das mußte ich sehen, das große Lebensrätsel auf dem Grunde des Totenauges, die wüste Brautnacht, in der sich Tod und Leben paaren.

Ich hatte nur den einen Gedanken, der über mein Gehirn hinausging, der mit dem spitzen Ende in den Grund des Totenauges griff und dort mit dem andern Pol zusammenstieß; die Leitung war geschlossen. Ich fühlte Funken in mein Auge springen, deutliche, blaßgrüne, elektrische Funken.

Die Drähte der Leitung brannten an den Polen ab, sie wurden immer kürzer, ich mußte immer näher rücken; wie eine Pantherkatze schlich ich langsam an die Leiche heran, – ich war dicht an ihr.

Mit irren, keuchenden Fingern suchte ich das Lid zu heben; ich zitterte und flog an allen Gliedern; ein fürchterlich verzerrtes Wollustgrinsen lag auf dem Gesichte.

Mich überkam ein geschäftiges Treiben. Ich hob das Lid mit kunstgerechtem Griffe langsam hoch, geschäftsmäßig, wie bei der Augeninspektion; aber meine Finger glitten das Gesicht herab, sie betasteten es, ein Fieberparoxysmus überkam mich, ich arbeitete mit autonomen Gliedern, ich hatte die Empfindung, daß mein Kopf mir durch das Fenster flöge, und ich lachte und schrie und fühlte meine eignen Laute auf mich zurückprallen, wie Steinwürfe, – ich küßte ihr Gesicht, ich riß und sog an ihr, und plötzlich biß ich mich mit geifernden Lippen, wie ein Vampir, schrill in ihre Brust hinein.

Und ich zog und zerrte an dem toten Fleische, und ein Lachen, drin ein jeder Muskel meines Leibes in wilden Erethismen aufschrie, würgte mich im Halse, und plötzlich – fuhr ich taumelnd zurück.

Es geschah etwas Fürchterliches.

Das tote, blutende Weib reckte sich in fürchterlicher Majestät im Sarge auf, und mit weit ausholender Armbewegung, mit jäher, fürchterlicher Wucht stieß sie mich mit beiden Fäusten in die Brust.

Bewußtlos flog ich weit weg.

*

Außen wurde zu Innen, das Schauen zum Scheinen, Lust zu einer ätzenden Lauge, Schmerz zu einer eklen Spinne, die das Herz ansticht und ihm das Blut aussaugt, Wohlbehagen zur stinkenden Pfütze.

Und Du? Wo bist du? – Lebst du? bist du tot? ich weiß es nicht. In meinem Gehirne sind Lücken und Löcher; zwischen den einzelnen Bewußtseinsepisoden fehlt es am Kausalzusammenhang.

Übrigens – das ist ja ziemlich gleichgültig.

Jetzt handelt sich's nur darum: Was nun?

Aber im vollen Ernste: was nun? –

Und wenn es doch einen Gott gibt? Wenn die Seele unsterblich ist, und die katholische Kirche am Ende doch die alleinseligmachende Gnade verleihen kann?

Ja, ja, ja: die katholische Kirche! Die Allmutter, die Isis, der siebente Schöpfungstag des Geschlechtes mit den brünstigen Offenbarungen ihrer Schwangerschaftshysterie, der ins Jenseits ausgewachsene Pan-Uterus, der die ganze Welt umfängt und übertrieft mit seinen blutigen Flimmerfasern.

Und wenn die wahnsinnige sexuelle Sehnsucht kommt nach den ursprünglichsten Geschlechtsmysterien, wo man große Geheimnisse schaute, die verloren gegangen sind, Mysterien, die man noch vielleicht mit einem Monerenleib empfinden konnte, aber niemals mehr mit differenzierten Sinnesorganen: wo soll sich diese verzweifelte Sehnsucht austoben, wenn nicht in dem Schöpfungsakt der physiologischen Erinnerung an seine ersten Entwicklungsstadien, wenn nicht in der Gemütsorgie, die nur die Kirche geben kann, im mystischen Dunkel, in Weihrauchwolken, die alle Lebensfunktio-

nen in der Sexualsphäre gipfeln lassen, in den barbarischen, über-
gewaltigen Orgeltonwogen, die das zarte moderne Gehirninstru-
ment aus dem Gleichgewicht bringen, in der ganzen Umgebung,
wo vier Kulturen auf einander gepfropft und raffiniert-naiv an einander gekittet sind.

Wie sich dann die Reduktion des Gehirnes allmählich vollzieht,
wie das Gehirn extensiv wird, daß die Seele rast und an die Gren-
zen der epileptischen Starrsucht kommt!

Aber naiv, ganz naiv, ganz unbewußt müßte das genossen werden.

Die Epilepsie ist sonst da, die künstliche Fallsucht des modernen
Geistes, aber es fehlt an der psychologischen Form, in der man sich
als Einheitswesen empfindet, *sich* mit seinen körperlichen Äußerungen identifizieren kann.

Es fehlt der einheitliche Glaube.

Der Glaube an Charcot und der Glaube an die göttliche Weihe
der Besessenheit –

der Glaube an Kant-Laplace und an die Erschaffung der Welt in
sieben Tagen –

der Glaube an die Gotteskindschaft Christi und an die Weisheit
Darwins und Strauß-Renan's –

der Glaube an die unbefleckte Empfängnis Mariae und an die
primitivsten Tatsachen der Embryologie –

nein! es geht nicht.

Es gibt keinen Ausweg.

Ekel ...

Wie zwei Gangränherde wachsen meine Impotenz und der inten-
sive Ekel sich entgegen und begegnen sich in ihrem Zerstörungs-
werk.

Wie unterirdische Quellen, die aus unablässigen Regengüssen
stammen, sickern sie unaufhörlich durch die tiefsten Schichten meiner Seele, alles auflösend, auslaugend, zerfressend.

Wie das brutale Licht der Mittsommersonne zersetzen sie mir, vergiften sie mir den Nährstoff der Erde, in der ich wurzle, und dörren mir das Chlorophyll aus allem, was diesem Boden entsprossen ist.

Und so wurde das Gold zu Kupfer entwertet, und die schönsten Hoffnungen zerbröckelt und zertrümmert; die Gedanken verloren ihre Expansivkraft und sanken zu zusammenhanglosen Reflexen herab; die glück- und lebensreiche Welt der Dinge wurde zum wesenlosen, unbestimmten Symbol, grau in grau auf eine kalte Glaswand hingehaucht; das taghelle, sonnensatte Sehen zur kranken Halluzination, – und du – ja Du – du wurdest mir zu einer weiblichen Zentaurin mit Sphinxgesicht und struppigen Haaren, die dir tief in deine Stirn herabgewachsen sind, und mit den feinen Adelszügen meiner Mutter.

Und mit den Hufen der Hinterbeine hast du einen Stern vom Himmel gerissen, daß er herunterfiel und zischend in den Stillen Ozean versank, und mit den Vorderfüßen greifst du über den Rand des Erdballs hinaus, des lächerlichen Erdballs, um mich hinauszutragen in die Unendlichkeit des Kosmos, wo der Raum zur Chimäre wurde und die Zeit sich in den Schwanz beißt, weil sie sich nicht ausdehnen kann.

Und ich wälze mich auf dir und umfasse deinen Hals und sauge mich an deine Jungfraunbrust fest und trinke aus deinen Venen die mit Blut gemischte Muttermilch.

O, trag mich hinaus – hinaus, wo zerbröckelte Welten einsam herumirren und auf einander platzen –

wo dichte Strahlengarben der Sterne einander leise berühren, an einander niederfließen und mit lichter, daunenweicher, zitternder Harmonie die Welt durchtönen –

auf irgend einen Punkt hinaus, wo die Anziehungskräfte der Sonnen sich aufheben und ich Schwere und Gewicht und alle Beziehung zu Raum und Zeit und Mittelpunkt verliere –

mit sehnsuchtjauchzenden, sternenbrünstigen Flügeln hinaus, wo meine Größe auf ein lächerlich Atom zusammenschrumpft –

auf etwas Atmosphärenloses hinaus, wo meine Formen verschwinden, wo ich mit dem All zusammenfließe und mich wie ein lavaflüssiger Meteor in den kosmischen Ozean stürzen kann –

hinaus zum Trotz dem dummen Gesetz der Erhaltung von Kraft und Materie –

hinaus in die auf- und niederflutende Rhythmik der Äthermolekeln –

auf einen Millionenjahre von der Erde entfernten Stern hinaus, wo ich mich hinlegen kann und ausruhen und tausend Jahrhunderte nicht länger empfinde als einen Moment und die Entfernung zur Erde nicht weiter fühle als die Dogmenspitze des Urelements auf der ich die Welt aufspießen und in die Sonne schleudern will, damit sie sich dort reinige und in ein Nichts, ein goldenes Sonnennichts erlöse.

Aber nicht mal das vermag sie mehr; selbst da noch bleibt sie als ein Fleck, ein Sonnenschlacken kleben.

Aber nur hinaus, hinaus, damit ich nicht brutal mich selbst zerstören muß!

Wie ein Lichtschein will ich, durch tausend Medien gebrochen, von tausend Flächen zurückgeworfen, in meine Uridee zurückversinken, aus der ich geworden bin.

Wie ein Strahl, der auf die Straße fiel und von ihr emporschreckt, ihrer feuchten, schmutzigen Wärme satt, will ich wieder zu der Ursonne hin, die mich hinausgeschickt hat, Glück und Freude den Menschen zu bringen. ...

Nur nicht in die Erde zurück: zum Fraß den Würmern, zu einer ekelhaften Kopulation mit Anorganisch-Organischem, zu neuem kranken Leben durch tausende von Stoffwechselformen hindurch!

O, wie das gräßlich ist!

Und doch – es muß geschehen.

*

Jetzt beginnt die Agonie; es geht zu Ende.

– Wie war es doch?

Ich lag im Bette; hinten am Kopfe fühlte ich wie angenagelt das endlos weite Bewußtsein, daß ich nun ein Ende machen müßte.

Es war wie ein unentwirrbarer Knäuel in meinem Gehirn, der in Vibration unter unausstehlicher Hitze geriet, in wahnsinniger Lust, sich selbst zu entwirren, sich in lange, feine, dünne Gedankenfäden auszuspinnen.

Dann kam's wie eine Flutwelle, in starren Krampfzuckungen, über die sich eine Schlangenlinie von Unruhe nach oben wälzte, die immer dicker und schwerer und schwärzer wurde, immer schneller nach oben, immer heftiger, bis sie sich zur wilden Jagd entrollte, einer unsagbaren Agonie der Todesangst, wo das Gehirn auseinandergehen, sich selbst entfliehen und wie ein Stück einer geborstenen Welt in weiten, zentrifugalen Kreisen in idiotischer Tarantella um die Sonne tanzen will.

Und so wurde wieder Ruhe.

Ein leises, weiches, laues Behagen. Eine verzückte Schwärmerei, die sich auf tief-dunkelblauen, mit zerfließendem Gold verbrämten Kräuselwellen wiegte.

Und plötzlich kam ein Starrkrampf.

Das Gehirn geriet in einen tollen Veitstanz, und mit einem wilden Ruck wurde ich vom Bett emporgeschnellt.

Ich fuhr auf. Die Gesichtsmuskeln verzerrten sich so, daß sie schmerzten, und die weit aufgerissenen Augen wollten qualvoll aus den Höhlen heraus:

Da stand ich selbst in der Ecke, einen Revolver an der Stirn, und sprach mit fliegender, fiebernder Hast:

Du tust es nicht! du tust es nicht! nein, um Gotteswillen nein, du tust es nicht! –

Ich atmete tief auf:

Herrgott, das war ja nichts, gar nichts, – das war ja nur mein Überzieher, der am Nagel hing.

Ich legte mich erschöpft hin, setzte mich wieder auf, nahm meinen Kopf in beide Hände, umkrallte ihn ganz fest, sodaß mich noch die Haut schmerzt.

Unbewußte, banale, nicht gewollte Assoziationen zuckten auf; die Flutwelle löste sich in einzelne Tropfen, die sich ganz lang dehnten, als fielen sie von einem Tropfenzähler nieder, und verschwanden wieder – eins – zwei – drei – vier; ich habe sie alle gezählt, und ich habe die Empfindung des Glucksens gehabt.

Nur Eins schimmerte durch, brach sich Bahn in der wilden Gedankenflut:

Du tust es nicht! –

Und dieser Gedanke fing an zu fischen und zu angeln in dem trüben Strom, und kokettierte so lange bis ein anderer Gedanke an den Köder biß:

– Ja, und dann – tust du's erst recht!

Und beide Gedanken kamen sich näher und näher, und umarmten sich, und setzten sich auf ihre Schwänze, und bäumten sich ganz hoch, und verflochten sich; und mit weit zurückgebogenen Köpfen starrten sie einander an, – lange, durchdringend, und lächelten sich dann verständnisinnig in die Augen.

Ja, und dann – war's getan.

Mein Schicksal ist besiegelt.

So werde ich stehen, so die Pistole anlegen, so werde ich fiebernd sprechen: du wirst es nicht tun! du tust es nicht! – und gleich zugleich ein Ruck, ein Jüngstentageslicht im Auge, ein Knall – und es ist getan.

Ein Zittern überlief meinen Körper, das Herz schlug unregelmäßig, und an den Schläfen hörte ich das Blut in ungestümer Hast an meine flachen Hände klopfen.

Die Unruhe wuchs, eine entsetzliche Angst nestelte auflösend an dem geschlossenen Zirkel meiner Gedanken, etwas wollte mich auf die Kissen niederdrücken, mein Leib krümmte sich unwillkürlich, um diesem Etwas nachzugeben, aber auf einmal fühlte ich ein Widerstreben, ich richtete mich gewaltsam, schmerzhaft auf und – sank in mich hinein.

Ich brütete; starr, dumpf, gedankenlos.

Ich wußte nur, daß ich mit Etwas zu Ende kommen, Etwas zu Ende denken müsse, wovor ich entsetzliche Angst hatte.

Auf einmal griff ich in Todesangst mit beiden Händen den Bettrand: auf dem Fußboden kroch, auseinanderfließend, ein Lichtschein.

Der gräßliche Schreck war so lähmend, daß ich einen Augenblick das Bewußtsein verlor.

Als ich zu mir kam, besann ich mich, daß man wohl im gegenüberliegenden Hause eine Lampe angezündet habe.

Ein Gefühl unendlicher Entlastung überkam mich; ich wurde fast fröhlich.

Aber dann besann ich mich, daß ich doch nur deshalb fröhlich wäre, weil der Lichtschein meinen Willen, der sich auf etwas Andres konzentrieren sollte, zersplittert hatte.

Kalter Schweiß trat mir auf die Stirn; das Gefühl, mich wieder dieser Qual ergeben zu müssen, fraß mit steigender Angst an meinem Gehirn.

Ich kroch aus dem Bette, mühevoll, mit schwerem Kopf; ein Schwindel drohte mich zu Boden zu werfen, ich setzte mich auf die Bettkante, stützte die Ellenbogen auf die Knie, legte meine Stirne in die Hände und ließ das Blut nach dem Gehirn zufließen.

Namenloses Mitleid überkam mich; heiße, große Tränen rollten über meine Wangen, und mir schien, daß an meinen Beinen etwas niederlaufe – mich fröstelte wohl. Damals konnte ich mich nicht besinnen, was es wohl wäre; es war mir auch gleichgültig – oh ja.

Ich weinte auch nicht Befreiungstränen, ich weinte und sang; sang, wie ein wilder Indianerhäuptling das düstre Grablied an dem Rand des eigenen Grabes singt.

Wie lange ich so saß, weiß ich nicht mehr.

Plötzlich fühlte ich ein eisiges Gefühl; nach langem Sinnen projizierte ich dies Kältegefühl in die Fußsohlen.

Also stand ich, und wollte etwas haben.

Ach so!

Ich suchte eine Zigarette.

Und alles schien vorbei zu sein.

Ich rauchte mir die Zigarette an, bekleidete mich, riß das Fenster auf, und stand lange, lange, in majestätischer, übermenschlicher Ruhe, am Fenster.

Ich dachte an nichts; ich reckte mich nur immer höher, immer breiter, in der grandiosen Majestät meiner Ruhe, in dem düsteren, maniakalischen, übermächtigen Willen nach Untergang.

Eine Kindheitserinnerung zuckte plötzlich durch mein Gehirn.

Ich sah mich in einer Dorfkirche. Es war ganz düster. Kerzen brannten in trübem Schimmer, wie Glutaugen, die vergebens den dichten Schleier des Weihrauchs, den der Priester der heiligen Monstranz gespendet, zu durchbrechen suchten. Sie bohrten sich zur Hälfte hindurch und verschwammen alsdann und tränkten und sättigten den Weihrauchnebel mit lichtem Gold.

Eine ansteckende Krankheit raffte die Hälfte des Dorfes dahin, und jeden Abend sammelte sich das Volk in der Kirche und warf sich ganz lang auf den Boden, und stöhnte qualvoll, im Schweiß der Todesangst gebadet, zu Gott.

Und dann erhob sich ein wilder, ächzender Gesang, in dem das Herz sich in blutenden Zuckungen vom Leibe riß, ein keuchender Gesang, den ein roher, physischer Wille zum Leben wie eine Sturz-lawine über eine riesenhafte Fläche ausspannte, jeden Augenblick bereit, die ganze Masse zu zertrümmern und zu begraben.

Und in den körperlichen, grausigen Refrain: Herr, errette uns! mischten sich Glockenklänge und Orgelbrausen der Jüngstenge-richtsschrecken und das tierische Wiehern der Kranken – und plötz-lich fing das Volk, in wilder Verzweiflung, laut, wahnsinnig an zu schluchzen, und es rang die Hände, und warf sich in die Brust, und schrie, schrie unaufhörlich in der schauerlichen Agonie der Todes-angst nach Gott.

Und als der alte, graue Priester den Altar mit beiden Händen umklammerte und das Schluchzen seinen Körper hin- und herwarf, da kam ein unbeschreiblicher Massenwahnsinn über das Volk.

Ich höre nur noch ein brüllendes Gewieher von Stimmen; ich sehe eine satanische Walpurgisnacht mit den unerhörtesten Torturen der Angst.

Mich faßte ein entsetzliches Grauen vor dieser nackten Lebensbrunst, ein Grauen vor dieser epileptischen Todesangst, und willenlos, erstarrt, zitternd wiederholte ich unaufhörlich:

Herr, errette uns!

Über dem Volke thronte, grausam, lächelnd, der Engel des Todes und bezeichnete die, die sterben sollten, mit einem flammenden Schwert.

War ich darunter?

Aus meinem Kehlkopf ringt sich mühsam ein inbrünstiges, mit dem letzten Funken der Lebenslust aufflackerndes:

Herr, errette uns!

Keine Rettung für mich.

Und ich wurde wieder ruhig.

Ich schaute auf die Erde; sie schlief. Ich sah nach dem Himmel; er war still.

Ein unnennbares Gefühl beschlich mich vor dieser Grabesstille, dieser weiten Kirchhofsruhe.

Es war ein Augenblick, als hätten unsichtbare Priesterhände das Allerheiligste aus dem Tabernakel der Natur hervorgeholt und zeigten es der Welt. Sie sinkt auf ihr Antlitz in starrer Ehrfurcht; erwartungsvoll, mit leisem Beben, in heiliger Verzückung fühlt sie dumpf den mystischen Moment erscheinen, in dem das Brot zum Fleische und der Wein zum Blute werde.

Und jetzt müßten dreimal die Glocken erklingen, jetzt müßte sich ein leises, inbrünstiges Murmeln von kauernden Stimmen des Volkes erheben, und ein Zittern durch die Welt gehen, wie wenn Millionen sich in die Brust werfen:

Sanctus, Sanctus, Sanctus.

Die Erde ist still, der Himmel gähnt Ströme von blausilbernem Sternenlicht herab und alles ruht in tauber Stille, weil Ich der Herr, der alles geschaffen hat, aus dem es alles entstanden ist, Ich König, Ich Gesalbter, Ich Erzpriester das letzte, das heilige Abendmahl einnehme.

Eine tiefe Seligkeit, eine morgenblaue Seligkeit des künftigen Lebens ergoß sich mit weitem Strom in meine Adern; ich fühlte Flügel aus meinen Schultern wachsen; der ewigen Zukunft zujauchzender Gesang riß sich aus meiner Kehle; ich war heiter wie das Sonnenlicht des Südens, das mit dem Meerwasser spielt – da plötzlich überrumpelte mich der lauernde Wahnsinn, mit dem ich so lange gekämpft.

Die Nacht würgt sich mit dem Tage in tödlicher Umarmung, das blutige Rot der Auferstehung wurde von der schwarzen Finsternis der Nacht ertränkt.

Angst und Entsetzen recken sich wie Salzsäulen, die Medusenhäupter mit den gräßlich aufgeblähten Schlangenleibern starr empor gerichtet gegen das Himmelssodoma.

In meinen Augen sprüht ein schwefliger Funkenregen.

Eine weite, flammende Furche zerreißt das himmlische Gewölbe, ein Stern lischt aus, wird rot wie eine flammende Gangränwunde, er bebt, er zittert, er fällt herab und reißt mit mächtigem Ruck eine ganze Sternenkette herab.

Aus dem klaffenden Himmel seh' ich in Schwefelwolken und Feuerlava ein Gesicht hervortauchen mit zusammengekniffenen lasziven Augen, die Lippen geöffnet wie in höchster Wollustekstase, die Haare wie Feuergräben durch den ganzen Himmel hin zerrissen, –

aus dem klaffenden Himmel seh' ich Frauenhände, schrecklich, körperlos, sich nach mir ausstrecken, –

aus dem klaffenden Himmel seh' ich einen apokalyptischen Frauenleib wachsen; in weiten Schlangenlinien stürzt er auf mich zu, er umfängt mich; ich reiße mich los, ich keuche; ich kaure auf dem Boden, blutiger Schaum tritt auf meine Lippen –

Astarte!

Sie holt sich ihr Opfer.

Sie die wüste Foltermagd, die sich an den entsetzlichsten Qualen weidet,

sie, die den Onan neue Wollustorgien erfinden ließ, um ihn nachher den Qualen des Steinigungstodes preiszugeben, –

sie, die ein gläubiges Volk zur Befreiung des heiligen Grabes trieb, um ihm zum Entgelt die Stirn mit dem Märtyrerkranz syphilitischer Geschwüre zu bekränzen, –

sie, die dem Manne das Weib aus den Adern saugt und in verbrecherischer Brunst auf den Mann wirft, –

sie, stärker als die Natur, weil sie die mächtigsten Instinkte irreleitet und ihr Gesicht mit blutschänderischem Sperma befleckt, –

Astarte, Satan – du! –

Auf meinen Lippen fühlt' ich deinen eisigen, unzuchtgeborenen Todeskuß.

Ich bin dem Tode geweiht.

Seele, du meine starke Seele, die du Mir das Geschlecht auffraßest, wo bist du nun?

Wo bist du, Gehirn, – du armes, krankes Gehirn, das du mein Gott, mein Vater werden wolltest in dem Größenwahnsinn deiner Übermacht, wo bist du jetzt, – jetzt, wo du mich gekreuzigt hast, – wo hast du dich verkrochen? –

Wie ein roter, tauber Fleck ist die Sonne über dem Golgathaberge auf dem Himmel angeklebt, Trauerflor ringsum ...

Eli, eli, lama sabachthani ...

*

Durch mein Fenster drängt sich eine Flut brünstiger Schwüle, zeugenden Rausches der Nacht, geiler Jünglingsstimmen, die auf den Straßen die Weibchen locken.

Ich sehe die Natur als eine apokalyptische Apotheose des ewig ragenden Phallus, der in maßlos roher Verschwendung Ströme von Samen über das All ergießt.

Auf meinem Tische steht ein Strauß von Blumen, deren ganzes Leben im Geschlechte gipfelt, die sich mit schamloser Unschuld dem befruchtenden Samen entgegenrecken.

Ich fühle die Wollustzuckungen des Schaffens, ich höre das stammelnde Liebesgeflüster der hermaphroditischen Erde, der heiligen männlichen Jungfrau, bräutlich umhüllt vom Schleier der Nacht.

Und wie reich er mit goldenen Keimen besät ist! wie tief und dunkel er ist! –

Aber über dieser Schamlosigkeit der Brünste, dieser Apokalypsis der Geschlechtlichkeit, diesem satanischen Evangelium der Sinnenlust –

hoch über Zeugung und Befruchtung, Vergehen und Auferstehen, Oxydation und Reduktion, thront Meine hehre, tiefe, majestätische Ruhe der Sterilität! –

Die Natur erschöpft sich; sie spart schon. Sie kann sich nicht mehr verschwenden wie einst, als die wahnsinnige Pracht der fossilen Flora und Fauna noch keinen menschlichen Geist entzückte; sie arbeitet jetzt – wie die armen Erdenwürmer – menschlich, geizig, nach dem Prinzip des kleinsten Kraftmaßes.

Sie schafft keine Ichthyosauren mehr, keine Riesenmollusken, keine Stigmarien. Lächerliche, kleine, schwache Herdentiere schafft sie jetzt; sie erschöpft sich in den winzigen Bakterien, die ihre mißlungenen Werke gnädig wieder auffressen, – und aus der Erde treibt sie kranke Blumen, in die der altersschwache Boden Giftstoffe liefert.

Über dieser Jämmerlichkeit, über dieser Sparsamkeit und philiströsen Décadence waltet frei, maßlos, verschwenderisch, übermenschlich-expansiv wie Gasgewölk, Meine große, aristokratische Seele in ihrer Grandiosität der Unfruchtbarkeit.

Und so muß sie untergehen, weil sie zu groß und heilig geworden ist und zu königlich, um sich mit dem jämmerlichen, proletarischen Geschlecht zu assoziieren, das nur Kinder zu zeugen im Stande ist – nach dem Prinzip des kleinsten Kraftmaßes.

Über der ganzen Welt, über dieser lächerlichen Mühsal, neue Orgien der Brunst zu schaffen, sich in neuen Entwicklungsformen zu objektivieren,

über den brutalen Grausamkeiten des Geschlechts, das einen Menschen mit einer Gans paart,

über der verbrecherischen Gewissenlosigkeit der Gottnatur, die Wesen auf die Erde setzt zum Wahnsinn und zum Veitstanz einer rohen Spielerei von ewigen Evolutionen –

über all dies herrscht Meine freie, ungeschlechtliche Seele mit ihrer Ruhe der anfangslosen Ewigkeit,

sie, die heilige besiegte Siegerin,

sie, die Allumfassende, Anfang sie und Ende,

sie, der höchste, letzte allgewaltige Ausdruck Meines Stammes,

sie, die sterben muß, weil das Geschlecht es will,

sie, die sterben muß, weil sie selbst es *will*, weil sie nicht in Schmutz und Ekel leben mag, weil sie sich nach der Reinheit der Auflösung sehnt.

Und so gehe ich, –

gehe hinein in die rückschreitende Metamorphose des Stoffwechsels; freiwillig, von selbst –

»Das Tier, von der Scholle losgelöst, mit inneren Wurzeln, ein automatischer Oxydationsapparat, entnimmt der Pflanze organische Verbindungen, Eiweißkörper, Kohlenhydrate, Fette, Sauerstoff, und gibt sie an Luft und Boden in anorganischer Form zurück.«

»Die Pflanze, an der Scholle haftend, mit äußeren Wurzeln, ein bewegungsloser Reduktionsapparat, entnimmt der Luft und dem Boden anorganische Verbindungen und gibt sie dem Tiere in organischer Form zurück.«

Und so weiter – und so weiter – ohne Ende, der ewige dumme Zirkel in rastlosen Metamorphosen.

Und so leb' du mir wohl.

Du bist aus meinem Gehirn verschwunden, wie ein Blutextravasat, wenn es von Phagozyten resorbiert wird.

Ich habe dich weggestoßen, wie das Eichen die Polarkörperchen wegstößt, sobald es reif wird.

In dir sollte sich die mystische Synthese meiner selbst vollbringen, wo der Herr und der Bauer in mir sich friedlich die Hände reichten,

du solltest meine intimsten Geschlechtskräfte sammeln, beleben und in der Brunst nach neuer Zukunft gipfeln lassen,

du solltest leimen, was von Anfang an in mir zerbrochen war, das eiserne Rückenmark in die weiche Gallertmasse einkeilen,

du solltest die feinsten Saiten in mir rühren, in denen doch vielleicht ein Stückchen meiner Seele in der friedlichen Umarmung des Geschlechtes bräutlich zittert, –

das alles hast du nicht vermocht und bliebst mir fremd.

Aber jetzt: in jenem Augenblick, wo ich doch vielleicht einmal Eines mit dir werde, wo irgend ein Geschöpf die anorganischen Stoffe, in die wir dann zerfallen, in sich aufnehmen wird, um sie irgend einem anderen Wesen organisch wiederzugeben:

wo wir uns finden werden in einem und demselben Pflanzengefäß, auf einer und derselben molekularen Bahn:

jetzt, Liebste, inmitten dieser lächerlich doktrinären Ideen will ich meine Stirn in deinen Schoß legen und will dir deine schönen, langen feinen Hände küssen, – zu deinen Füßen werfe ich die schwere Last meiner Herrschaft über die Welt und alle Kreatur:

ich gebe dir meine Seele zurück.

Du meine über alles geliebte Totenbraut, du mit der unermeßlichen Tiefe Meiner Leere geliebte! –

Ich höre etwas, das tief ist wie die Welt, dunkel ist wie die Nacht und weit ist über alles Seiende hinaus.

Es ist die Sehnsucht nach der Synthese, deren Wonne mich genial gemacht und über alle Menschen gehoben hätte, – die Synthese, die ich vergebens hoffte zu erlangen in Dir.

So nimm zurück meine Seele. Mag sie wieder sich in Deine Formen gießen, um mit dir zurückzukehren in die eine große Uridee, durch die ich dich entstehen ließ.

Kalter Morgenschauer kriecht durch meine Glieder; meine Zeit ist gekommen.

Und wenn der junge, reine, heilige Tag über dem Geschlechtsbett der Natur aufgeht, der junge, weiße Tag, den Ich, der Beherrscher des Daseins, Ich, durch den und in dem alles ist, geschaffen habe, der ohne mich nicht existieren würde, dann bin ich nicht mehr da:

Die rückschreitende Metamorphose kann beginnen ...

Über tredition

Eigenes Buch veröffentlichen

tredition wurde 2006 in Hamburg gegründet und hat seither mehrere tausend Buchtitel veröffentlicht. Autoren veröffentlichen in wenigen leichten Schritten gedruckte Bücher, e-Books und audio-Books. tredition hat das Ziel, die beste und fairste Veröffentlichungsmöglichkeit für Autoren zu bieten.

tredition wurde mit der Erkenntnis gegründet, dass nur etwa jedes 200. bei Verlagen eingereichte Manuskript veröffentlicht wird. Dabei hat jedes Buch seinen Markt, also seine Leser. tredition sorgt dafür, dass für jedes Buch die Leserschaft auch erreicht wird.

Im einzigartigen Literatur-Netzwerk von tredition bieten zahlreiche Literatur-Partner (das sind Lektoren, Übersetzer, Hörbuchsprecher und Illustratoren) ihre Dienstleistung an, um Manuskripte zu verbessern oder die Vielfalt zu erhöhen. Autoren vereinbaren direkt mit den Literatur-Partnern die Konditionen ihrer Zusammenarbeit und partizipieren gemeinsam am Erfolg des Buches.

Das gesamte Verlagsprogramm von tredition ist bei allen stationären Buchhandlungen und Online-Buchhändlern wie z. B. Amazon erhältlich. e-Books stehen bei den führenden Online-Portalen (z. B. iBookstore von Apple oder Kindle von Amazon) zum Verkauf.

Einfach leicht ein Buch veröffentlichen: **www.tredition.de**

Eigene Buchreihe oder eigenen Verlag gründen

Seit 2009 bietet tredition sein Verlagskonzept auch als sogenanntes "White-Label" an. Das bedeutet, dass andere Unternehmen, Institutionen und Personen risikofrei und unkompliziert selbst zum Herausgeber von Büchern und Buchreihen unter eigener Marke werden können. tredition übernimmt dabei das komplette Herstellungs- und Distributionsrisiko.

Zahlreiche Zeitschriften-, Zeitungs- und Buchverlage, Universitäten, Forschungseinrichtungen u.v.m. nutzen diese Dienstleistung von tredition, um unter eigener Marke ohne Risiko Bücher zu verlegen.

Alle Informationen im Internet: **www.tredition.de/fuer-verlage**

tredition wurde mit mehreren Innovationspreisen ausgezeichnet, u. a. mit dem Webfuture Award und dem Innovationspreis der Buch Digitale.

tredition ist Mitglied im Börsenverein des Deutschen Buchhandels.

Dieses Werk elektronisch lesen

Dieses Werk ist Teil der Gutenberg-DE Edition DVD. Diese enthält das komplette Archiv des Projekt Gutenberg-DE. Die DVD ist im Internet erhältlich auf **http://gutenbergshop.abc.de**

Zeitfracht Medien GmbH
Ferdinand-Jühlke-Straße 7
99095 Erfurt, Deutschland
produktsicherheit@kolibri360.de